KB275199

1955,
길 위에 나를 세우다

양경숙

도서출판 지식나무

1955, 사라져 가는 생의 도형들

다시는 가담해선 안 될 절망처럼
품었던 생애의 모든 도형들이
배역 없는 배후로 사라져 가는 지금

하늘 앞에서 나는
제 무게도 견디지 못하고 추락하는
물방울 한 점

땅 위에서 나는
그 어떠한 추락도 감당해낼 수 없는
구름 한 조각

아아, 저물어 가는 생의 노을에
눈시울 뜨겁게 반짝이며 흘러가는 나날이여
생애 상부(上部)의 조각들이여

/ 시인 **김상훈**

목차

밤을 잊은 그대에게

수필

바람처럼

그곳에 가면_ 상주/1

칠십이 넘는 사람에게도 설레고
그리운 곳이 친정이다
상주는 고향이고
학연. 혈연이 있는 곳
부모님이야 계시지 않지만
다행히 남동생이 고향을
지키고 있어서 그래도 가끔
상주를 오는 명분이 있다

남동생은 나와 4년 차이가
있으니 곧 칠십을 바라보는
나이가 됐다
하는 사업도 무난히 성공하여
동생을 보면 흐뭇하다
경상도 사내라서 인지
그렇게 살갑거나 그렇진 않지만
변함없는 동생이다

이제 뭐가 있겠는가
그저 무탈하니 건강하기만을
바랄 뿐

마지막 휴일이라고 고속도로는
동맥경화라 안산에서
상주까지 4시간 30분 걸려서 왔다
엄마가 가꾸던 안집이
1700평이나 됐었는데
개발로 거의 국가로 들어가고
500평 정도에 동생이 사무실을 만들어 놓고 쓰고 있다

터를 돌아보며 엄마 생각이 났다
그 많은 꽃들도 과수나무도
없는 이 고독한 쓸쓸함
새벽에 나와 하늘을 보니
도회지에서 못 본 별들이 초롱초롱하고
나를 반기듯 달도 환히 웃고 있다
고향이라서인지
참 평온하고 편하다

그곳에 가면_ 상주/2

오늘은 상주 오면
가보고 싶은 곳
"남천 식당"은 100년 이 넘는 노포 식당이다
아직도 3.000원이니
라면 값도 안되지만
옛날에 먹었든 시래깃국 맛이다
아침으로 해결하고
김천 직지사로 출발했다
남동생이 누나들 다니면서
맛난 거 드시라며
준 봉투
신나게 써야지

직지사 구석구석 돌아보고
직지사 근처 카페에서
눈꽃빙수 맛나게 먹고
더위도 식하고

직지사 근처 맛집에 들러
한정식으로 포식하고
엄마에게 갔다

남장사 숲
엄마는 왔냐고 웃는다
두 딸이 왔으니 얼마나 좋을까
술 한잔 올리고
다음에 또 오겠다는 약속을 하며
저녁은 장어로 힘을 비축하고
내일을 기대하며 잠을 청한다
고향의 밤하늘은 별들이 초롱초롱 빛나고 있다

속초/1박2일

겨울엔
바다에 가고싶다
달리고 달려 닿은 곳
한적한 포구 허름한 귀퉁이에 앉아
도루묵과 양미리 한 접시 시켜놓고 소주잔을 기울인다
흐린 날씨가 오히려 좋다고
느끼는 건 들키고 싶지 않은
외로움일지도 모르겠다

펜션에서 유숙하고
백담사로 향했다
도로 곳곳에 있는 식당들은
모두 황태가 주로였는데
어제의 숙취도 해결하고 좋았다

백담사 주차장에 차를 두고
전용 버스로 굽이굽이 휘돌아

백담사로 향했다
20년전쯤 왔으니
봄 아지랑이처럼 아련한 추억엔
가을단풍이 참 고왔었고
그땐 징금돌을 밟고
백담사로 갔었는데 스님이
언제든지 와서 있다 가란 말씀이
귓전에 맴도는데 벌써 강산이 두 번도
더 지나버렸다

템플스테이에 참석해 봐야겠다
기회가 있다면
내년 곱게 단풍진 가을 그 즈음에

회향하는 길

8시 20분 비행기에 몸을 실었다
같이 간 아우가 애쓴 덕분에
창가에 앉아 겨울나라에 온 듯
구름이 펼쳐진 하얀 설국을 즐긴다

뛰어내리면 포근하게 감싸일 거 같은
몽실몽실 목화솜밭 같아 하얀 꽃이 핀다
오늘은 어찌 날씨도 이리 좋은가
바람 때문에 기대했던
마라도나 요트는 취소됐었는데
야속한 생각이 스칠 때쯤
김포공항에 도착했다는
안내방송이 흘러나온다

좋은 추억 가슴에 담고
또
어디론가 떠나고 싶다

변산 모항의 밤은 아름다움이었다

사람과 사람이 만나고
문인과 문인을 엮는 블록체인처럼
하나하나 소중하고 사랑스럽다

각자가 살아온 삶의 한끝을
내보이며 동질의 아픔도 녹인다
각자의 달란트대로 재능기부를 하며
함께라는 울타리가 더없이 좋다

장장 네 시간 반을 달려왔지만
지겹지 않고 달가운 것은
깊어진 정 때문일까

바다를 바라보며 파티도 즐기고
2차로 이어진 통닭 생맥주를
마시며 더 깊이 알아가는
숙성의 시간이었다

반쪽달은 밤하늘을 붉히고
바닷길을 낸다

누군가 외친 건배사
"인생은 알코올이다"

손님

늘 혼자인 집에
친구들이 왔어요
집에서 별 음식도 안 하고
사는지라 뭘 해서 줘야지
걱정도 되었지만
언젠가 여행 갔을 때 누룽지
하나에도 잘 먹던 생각이 나
초라한 집밥으로

나는 집으로 손님을 자주 초대해
밥을 한 끼씩 하는 파티를
즐기고 싶어 그릇이나 찻잔 등에
관심이 많은데
이번 생은 어렵지 않을까 싶다

내년엔 한적한 곳에서
또 다른 삶을 살아보고 싶다

작은 텃밭이 있어도 좋고
섬진강처럼 강이 흐르면 더 좋고
야트막한 산이 있어
철마다 피는 들꽃을 보는
행운이 있으면 더 더 좋겠다

오라는 곳은 없지만
열심히 찾아봐야겠다
내 마지막 숨을 위하여
영원한 평안을 위하여

10월 10일 안부를 묻습니다

상주에서

아직 가을 냄새는 연기를
피우고 있지만 곧
활활 타오를 것만은 확실합니다

오가는 길섶에서 들국화도 만나고
갈대도 손 흔들어 주고
빠알간 사과는 얼굴을 붉히고
감은 농익은 몸짓으로 유혹합니다

그리운 이들을 만나는 건
삶의 향기이고
함께하며 즐기는 건
살아있다는 명확한 일이지요
맞아요
나에겐 그랬습니다

이번이 마지막인 것처럼 우린 노래하며
가을 밤하늘의 별을 닮았습니다
별을 노래하는 마음으로
오늘도
모두가 행복하길 바랍니다

대구를 떠나며

전날밤은 평온이었다
신랑이 출타 중인 생과부
신랑과 잠깐씩 멀어짐이 희망인 생과부
너무 오래된 세월 속에 박제된 과부
여인의 삶은 모두 아픔이었다
각자가 진 십자가를 매고
골고다를 향해 걷고 있는 삶
까르르 웃기도
고개를 끄떡이며 공감도
그런 밤이 지나고 한 여인은
신발이 무거웠는지 신발도 버리고
가방끈이 말썽이라 가방도 미련 없이
버리고 신발과 가방을 버리듯 새로움을 가지고 돌아간다

아점으로 보리밥집에서
맛있는 식사를 하고
박근혜 전 대통령집 앞에도 가보고

꼬불꼬불 길 따라 절밑에서
땀도 식히다가 서대구역에 도착

보내는 여인과
떠나는 두 여인의 이별이 서럽지
않는 건 또 만남의 이유가 있기
때문이겠지
한 여인마저 신랑에게 돌아가며
손을 흔들었다.
"잘 가라 젊은 여인이여"

하동 박경리 문학관 _
그리고 토지의 배경 최참판댁을 찾아서

비가 오지 않으면 다슬기를
잡으러 가기로 약속했지만
전날 비가 왔고 오늘은 심술궂은
시누이 표정인 하늘이다

목적지를 여행으로 바꾸고
하동과 화계장터로 바람을 가른다
금강산도 식후경이라고
섬진강에서 잡히는 다슬기 정식으로
반찬까지 모두 흡입할 만큼
대만족 식사를 하고
최참판댁을 향해

몇 번을 온 곳이지만
여행은 누구와 가는 것도 중요하다
문학이 통하거나 이해하는

사람들과 동행은 감미롭고 따뜻하다

넓은 토지와 부부송 그리고
유유히 휘감고 흐르는 섬진강을
내려다보며 소설 토지 속 주인공
서희가 되어본다
일제 강점기 시절을 배경으로
대하소설 속에 함몰되었던 시간도 있었다
우린 각자의 색처럼 이 시간을
채우고 더위도 삭힐 겸
엔틱 분위기가 있는 찻집에서
아이스커피로 더위와 피곤을 날렸다
악귀를 막고 행운을 준다는
손으로 만든 붕어도 품어오고
예쁜 받침도 품어왔다

박경리 문학관에서
작가의 인생과 창작의 절실함
전시된 책들 속에 그녀의 처절하고
순박한 글 사랑 속에 철학이 녹아있고
"생에 처절한 복수를 끝낸 것처럼 평온하였다"
그녀의 글처럼 지금 평온하겠지

근대사에 가장 존경하는 작가라
그녀의 책을 필사해 보기도...

화계장터에서

좁은 길을 걷다가
치즈꼬치도 버터오징어 구이도
맛보며 어슬렁거린 한량이다
차표는 전원 매석이라
하루 더 유하기로 하고
세 여인이 편한 옷으로
느긋한 시간을 켜켜이 쌓는다

그냥 보고 싶어서

눈이 험하게 쏟아지는 날
찻집에서 헤어지고
오늘 만난 여인들

겨울이 가고 봄이 오는 사이
한 여인은 몸속 장기 하나를
수술했고
한 여인은 끊어진 힘줄 하나를
잇는 수술을 하고
한 여인이 하는 찻집에서 만났다
세상을 적극적이고
깔끔하게 살아내는 찻집주인이다

뭐 크게 기쁠 일도
그렇다고 크게 슬플 일도 없고
이젠 죄지을 일도 없는
세상 달관한 이쯤의 세월을

산 여인들이 반란을 꿈꾸고자
여행을 하자는 모의를 한다
그래 떠나자
장소야 어딘들 어쩌랴
해서 아직은 살아야 할 존재란 걸
알게 된다면 족하겠지

수제로 만든 차를 마시고
그녀가 특별히 주는 두 가지 차를
더 마시고 식당으로 가서
짬뽕과 쟁반국수를 사줘
모처럼 맛나게 먹고
직접 만든 수제청 두 병을 선물 받고
집으로 오는 고속도로는
어둠이 내려앉고
피어난 건 야화만이 아니라
정도 피어난 시간이었다

열차여행_1

어느 날 우연히 본 광고에서
태백 눈꽃 축제란 제목으로
태백. 강릉을 열차로 가는 게 있어
날짜가 잡혔다
처음으로 하는 열차여행
호기심과 어떻하든 바깥으로
나와야 한다는 친구가 신청하여
함께 여행을 한다

청량리 역에서 7시라
우리 집에선 첫 지하철을 이용해
열차에 몸을 실었다
급행열차라 쉬엄거리며
태백에 도착하니 대형버스로
눈꽃 축제장으로 데려와
눈으로 만든 조각작품들
길거리 공연

석탄박물관을 둘러보고
다시 강릉으로 와 숙소에서 고단한
여행자의 피로를 푼다

점심은 버섯전골
저녁은 회와 매운탕으로
얼큰한 국물이 좋았다
날이 밝으면
일정 따라 움직이니 5시 기상이다
이제 강제로 잠을 청해야지
안녕

열차 여행_2

새벽 6시에 집합하여
정동진으로
비는 부슬부슬 내리고
해 뜨는 광경은 못 보겠지만
바다를
파도 소리를 가슴에 담고
옛적 추억도 소환해 봤어요
모래시계로 유명했었지요

무수히 많은 발자국들
철 지난 바닷가 모래에
누군가 적어놓고 간 염원들

환선굴
모노레일을 타고 정상까지
발 밑으로 펼쳐진 설국
탄성이 절로 나왔어요

마지막 코스
도호부 관아지
삼척시립 박물관
바다를 낀 커피거리
다시 강릉역에서 KTX 타고
서울로 지하철 타고
집으로 도착
겨울의 마지막 여행을
마무리했습니다.

오늘은 입춘입니다
봄은 언 땅 속에서도
기지개를 켜고 지층을 뚫고
새순을 밀어낼 것입니다

우리에게도 희망이 솟아나길
바람으로 남깁니다

오랜만에 손주들이 왔어요

내가 가기에도
그들이 오기에도 찝찝한 세월 탓에
그리움만 가득했는데
무슨 일인지 용기를 내어 왔나 봅니다
그것도 교회에 갔다가 자투리 시간으로
그들이 믿는 신이 우선이고
나는 서열에 끼이기나 하는지도
모르겠습니다
그럼에도 필요할 땐 "엄마" 부르면
전생에 무슨 큰 죄를 지었는지
주인 섬기는 머슴처럼 냉큼 달려갑니다

그제는 싸두었든 그릇들을 꺼내고
마트에 가서 쌀을 사고
(내가 먹는 거친 곡식은 아이들은 못 먹을 것 같아서)
과일을 사고 와인도 한 병 챙기고
분주한 발걸음으로 다녔어요

손에서 거미줄 나오는 장난감이
갖고 싶다기에 준비하고
사위에겐 토종 백숙 준비하고
딸에겐 처음으로 명품 팔찌 하나 준비하고
준비하는 마음이 즐거운 건 바보라서겠지요

내가 닮고 싶은 여인_ 타샤투더

자연주의자 타샤투더
94세로 생을 마감한 동화작가이며
화가이기도 하고 꽃을 사랑한 여인이다
나는 특히 꽃을 사랑한 그녀를 좋아한다

40만 평의 정원을 가꾸고
동물을 사랑했으며
전기와 수도가 없는 불편함을
거부하지 않고 옷감도 직접 짜서
옷이며 소품들을 손수 만들어 자족한
그녀의 힘든 일과를 따라가 보면
정원 속에서 시작해 정원 속에서
마무리하는 풀과의 전쟁이었겠지 싶은데
그 속에서 행복을 추구하며
자신의 삶을 살아낸 여인
미국에서 가장 아름다운
정원 중 한 곳이라고 하니

아
그래서 꽃은 주인의 발걸음을 먹고
자란다고 했을까?

어머니가 꽃을 좋아했듯이
내 어머니처럼
타샤투더처럼 살고 싶다
꿈을 잃지 않으면 이루어지리라 믿고
오늘도 현실에 매진하며
나만의 색깔로 가슴뛰는 느낌과
2~3년 후엔 넓은 땅에 꽃과 함께 살고 싶다

그리고 그곳에 외로운 사람들과
함께 살고 싶다
나와 같은 소망을 가진 사람이 있을까?

아무것도 확실한 건 없지만
분명한 건 지금까지의 안전한 굴레에
숨어서는 절대 새로운 자신은 탄생하지 않다는 걸 알기에
내가 나와 버둥거리는 오늘이다

차 한 잔의 여유

낯선 곳
편안한 찻집
우연히 문을 밀고 들어 왔지만
중년의 여인의 따뜻한 미소와
잔잔한 음악 그리고 폴폴 날리는 향수
눈과 귀와 코가 모두 바쁘게 움직인다

아포가토 한잔을 시키고
창밖 오가는 사람들의 분주한 발걸음을 보다
꽃비가 내리는 풍경 앞에서
막아놓은 봇물 터지듯 나오는 탄성

미루고 멈추었던 학교 개강하는 날
설렘을 안고 달린다
햇빛 머무는 하늘엔
구름 한 점 없고 산등성이 여기저기
하얗게 핀 꽃들은 한 폭의 동양화가 되었다

달리다 멈춘 휴게소
잠시 머물다 가는 곳
무언가를 비우고
무언가를 채워가는
하루를 살아가는 사람들의 잠깐의 쉼이
모두 행복하길 바라본다
설령 나와 인연 없는 사람들일지라도

따뜻한 아메리카노 커피가 식어 갈 즈음
일어서야지
목표의 부표가 있는 그곳으로

한 해를 보내며

돌아보니 아쉬움만 남습니다
첫날 수없이 언약한 약속들은
퇴색된 낙엽처럼 뒹굴고
숨 쉬고 있다는 기본부터
감사해야 하거늘
때가 낀 마음의 창은
교만과 아집으로 뭉쳐져
나를 돌아보는 성찰이 부족했음을
고백합니다

누군가에겐 상처가 될 말을 했고
누군가에겐 빚을 졌음에도
겸손이 부족했습니다
내 아픔이 크다고
주변의 아픔은 눈감고 살았습니다
속죄의 시간을 벗어나
새해엔 아낌없이 사랑하는 마음으로

희망을 꿈꾸고 실행하는
목적 있는 삶이 되길
온전히 낮아지는 온유와 겸손과 감사의
해가 되길
그리고 간절히 내 기도의 끝이 되지 않길
기도하며
석양이 저무는 해를 바라보며
한 해를 갈무리합니다

새해엔 밝은 햇살이 온 누리에 비추듯
가족 모두에게
하나님의 은총이 함께하길 기도합니다
감사합니다

꽃처럼

여름 그 무심한 날

어디로 갔을까
잃어버린 것 같은데
어디쯤 놓쳤을까

갓 잡아 올린 등 푸른 세월은
퍼덕이지도 못한 채
낚싯줄에 걸렸고

갈변하는 시간 속에
구멍 난 생의 파편들은 널브러저
불어 터진 라면처럼 주름진데

용광로처럼 들끓는 여름
그 어느 날 홀연히 바람이 된들
흔적도 없을 무심이여

나 이제 죽었노라 외쳐도

변방을 기웃거리며
무심한 척 무심하지 않는
이율배반적인 가슴

오늘
그대도 그런가 묻고 싶다

맞이하는 하루

창문에 걸터앉은 햇살이
더욱 풍성해진 푸른 잎에게
키스하는 시간 뒤로
오색 무지개가 피어났다

그늘에 기대어
헐떡이는 숨을 돌리며
초복 지나 벌써 중복이라며
식사나 같이 하자고 꼬셔서
추어탕 식당으로 갔는데
사실 나는 장어를 먹고 싶었다

왠지 올해부터 부쩍 기가
딸린다는 생각이 드니
옛 어른들이 한 해가 틀리다고
하더구먼 틀리는 말 하나도 없다

오늘도 에어컨과 공생을 해야할까
아님 찻집이라도 피서를 가야할까
아침 햇살이 우주를 찐다

어울림

누가 밴댕이 속이라 했든가
전어보다 고급진 맛은 없지만
술안주로 딱이다
사용자가 올린 이미지
취한 발걸음이 어지럽다

근데
난 누구고
여긴 어디야
최상의 절망과 최악의 희망일지라도
가을과 동행할 수 있다면 좋다
때론
내 힘의 원천을 안다는 건
쓸쓸한 일이다

병원 가는 길

숙제처럼
숙명처럼 다니는 길

세상은 온통 화려하고
사람들은 바쁜 것 같은데

왜
여기
이 자리에 있을까 싶은

가면의 웃음을 웃고
새살이 돋지 않는 상처 위로
또 한 겹 껍질을 벗긴다

나 하나 없다고
달라지는 것도 없으련만
죽으라 애쓰는 내 마음이

괜스레 아프다

가을이 이렇게 또 가는구나
미련 없이
속절없이

잘려나간 기억과 탈색된 가을을 보내며

특별할 거 없는 시간과
하루는 길다고 느끼지만
69년의 길이는 짧게 느끼는
아이러니한 이 느낌을 무엇이라 할까

진정 어른인지
살아온 만큼 지혜로운지
내려놓는다 하며 욕심은 없어졌는지
"파도야
난 어쩌란 말이야"
절규했든 시인의 시구절만큼
답 못 찾은 난 어쩌란 말인가

분리수거를 하러 나갔다가
가을의 끝자락에 매달려
그네를 타고 있는 고운 잎새에
눈길을 둔다

모퉁이를 돌며
남겨질 이름과
지워질 계절 속에

오래전 숨겨진 기억

그랬다
잊어버린 듯이 애써 외면하며
하루씩 지웠다
가을 끝자락쯤 오면
뜨거운 열과 심한 한기를 느끼곤 했다
길거리에 나뭇잎이 바람에 뒹굴면
길 잃은 어린아이 마냥 울었다
누가 뭐라는 사람도 없는데
그냥 슬펐다
한 움큼의 약을 털어 넣듯
목구멍으로 슬픔을 구겨 넣고
첫눈을 맞았다

어설픈 첫눈에도 의미를 부여하고
어느 나무 밑에서 고독을 잡고
있을지도 모르는 검은 도야새가
정수리를 쪼아대고

아픔을 상실한 무감각한 세계 속에
갇혀 마비됐다

올해는 첫눈이 무릎까지 쌓였다
눈처럼 내게 오길 바랐던
소망마저 냉소를 머금고
허락하지 않는 긴 미로 속에 갇혀
울음마저 사치란 걸 알았다
내 청춘의 어느 길목에
숨겨 놓았을 기억들이 바람꽃을 피우는데
한 겹씩 벗겨낸 외피 속에
아프고 쓸쓸한 기억은 잠들어 있을까

밥

"밥이나 먹자"
"밥 해줄게"
"밥은 먹었니?"

흔하디 흔한 이 밥이란 말에서
아주 소중한 것이 있답니다
바로 관심입니다
그리고 사랑입니다
밥을 먹지 못하면
생명을 유지 못하지요

누군가 건넨 밥상이
누군가 먹자는 밥이
그렇게 소중한 것입니다
내 생명을 귀히 여긴 마음입니다

네가 먹는 밥상에 숟가락 하나

더 놓은 것이라고 생각 말고
부디 나를 위해 정성을 들인
그 밥을 해준 어머니나 부인
친구에게 따뜻한 감사의
말이라도 전하면 어떨까요
더 늦기 전에

안산

정들면 고향이라지

앉으면 넓혀지기 마련인 인맥
교회도 다니고
동사무소 컴퓨터 배우러 다니고
야간엔 노래교실도 나가고
이젠 건너뛰면 이상한 헬스
그리고 PT쌤의 지도

다 그렇게 살아가겠지

시낭송 요청이 많아
새롭게 외우는 건
예전같지 않으나
그럼에도 도전하는 내게
박수를

연서

사월이면
당신으로 행복하고
바라보고 취하며 즐겁습니다
통증 같은 보랏빛 웃음은
나의 심장 속으로 툭툭 떨어져
아픈 삶을 물들입니다

골목 모퉁이를 돌아
어느 집 담장 울타리 너머
당신은 빛나는 보석처럼 웃고 있습니다
자석처럼 붙은 발걸음은
서럽고 고단했던 날들을 보상하듯
천상 같은 향기로 묶어놓고
사월은 늘보처럼 천천히 갔으면
좋겠다는 바람도
순전히 당신을 향한 보랏빛 사모입니다

찻집에서

네가 있어서
네가 없어서
네가 그래서
네가 그러지 않아서

봄비가 내리는 시간에
찻집문을 열고 들어오는
사람들의 얼굴을 보며
너를 기다린다

우린 약속한 적 없고
식어버린 커피만 마시다
저 문을 열고 나가겠지

봄비 내리는 거리를

잠들지 못하는 도시

새벽까지 네온사인 불빛은
꺼지지 않고
불나방처럼 찾아든 사람들은
저 속에서 무얼 하고 있을까

희끗한 새벽은 열리고
청소차는 밤새 토하고 간
열기를 쓸어 담고 있다

새벽에 배송되는 택배는
희망을 간직한 누군가의
숨 가쁜 깃발이리라

심리적 저항으로
결제하지 못한 많은 것들이 일장춘몽으로
막을 내리지 않길 바라며

또 누군가가 찾아와
내가 벗어놓은 환자복을 입겠지
그에게도 기적이 임하길 바라며
차가운 도시를 걷는다

문득 다가온 봄

봄은
밥상에서도 온다
왠지 잃어버린 입맛도
돌아올 것 같아 설렌다

달래장에
꼬막밥 해서
돌김 두어 장 구워놓고

향긋한 미나리와
아가씨 다리 같은 무
나박나박 썰어 넣고
붉은 실고추 간간히 띄워
파랗고 하얗고 붉은
물김치 한 사발이면
왕도 부럽지 않겠지

혼자라 좀 심심하면
내 그림자 앞에 앉혀놓고
실없는 농담도 하고
좀 야한 욕도 하며
둘이 먹다 하나 죽어도 모른 체
배 터진다고 아우성치고 싶다

봄마중

장난꾸러기 아이처럼
치마를 들추는 높새바람과
아첼란도를 연주하는
손끝에 심장은 매달리어
당신을 기다리겠어요

오매불망 사모했던 그리움도
탈색되어 버린 언덕 위로
초록옷을 입고 당신은 오시겠지요

산천은 노을보다 더 붉게 타고
지평선 너머 파아란 물결 위로
아지랑이 유혹하면
내 마음도 기꺼이 방목하겠습니다

통증

햇빛이 사라진 어둠 속에서
버둥거렸지
왜 여기에 있어야 하는지도 모른 체
내가 꿈꾼 세상은 백야 같은 곳이었는데
흑백의 도시에선
오로라만 보고 싶었는데
지랄 같은 통증이다

비루한 생각이
거품처럼 뭉클거릴 때
늘 중얼거렸던 말이 가시가 되어
심장을 후볐다
그래 그랬어
장렬하게 끝내자고

벼랑 끝에선
두려움이 없다는 걸

무식하면 용감하다는 걸
일찌감치 알았는데
무엇이 두려우리

오라
성난 파도처럼 거침없이 오라
기꺼이 너를 안으리

잃어버린 것들

나는
이름도 모르는 슬픈 이유로
격리되었습니다

체력적으로
정신적으로 완전히 소진된
번아웃 상태
납처럼 무겁게 무겁게 가라앉고
어떻게 잘 죽을까가 살아가는
이유가 된 지금
슬픈 원천의 지층은
얼마나 두껍게 쌓여갈까요

이제 자신을 리셋하고 싶습니다
도망자의 비겁한 변명일지라도
허공에 별등을 달고
전원을 켜고 싶은데

꿈에서 조차
퇴색된 마른 꽃은 향기가 없고
광활한 대지를 거침없이 달리던
말발굽 소리 진동하고
앞장서 깃발 든
휠 줄 모르고 목젖이 보이도록 웃어
제치던 그녀는
어디로 갔을까요

푸른 청춘이야 세월에 실려
갔을지라도 객기마저
따라나설 줄 몰랐습니다

처연한 하늘과 바람 속에
나를 심고
봄날은 아직 오지 않았다고
슬픈 독백은 피어나도

겨울나무 덮인 시리도록 하얀
눈은 말이 없습니다

슬픔도 과묵해서 비밀을 지킵니다

웃음이 감쪽같이
나를 가리고
슬픈 진실은
불치라 할지라도
슬프다 할 수 없고

살아있는 모든 건
시한부라서 아름답다고 한
어느 작가의 말에 기대어
아직은 절정의 시간은
오지 않았다고 미소 짓고 싶다

미처 사랑이 끝나기도 전 가버린
가을과 반긴 적 없지만
일상을 흔들고 있는 겨울은
유리처럼 투명하여
슬픈 조각들은 말을 잃었다

밥으로 달래는 고독

라일락나무 뒤에서
눈이 내릴 것 같은
알알이 품은 사랑
꽃잎처럼 익어가고

낡은 이파리
숨 고르기를 하며
바람의 길로 떠나는데
가슴엔 파도가 넘실대고

허한 심중은 서걱거리는
갈대밭을 지나
12월 들녘에서 배가 고프다

"누가 나와 밥 먹을래요"

오랜만에 나를 위한

밥을 했다
"저녁은 드셨나요"
공허한 메아리만 부메랑처럼
돌아올지라도
난 그대의 안부가 궁금하다

나는 누구인가

한 번쯤 생각했든
이 대목에서 망연했다
한마디로 정의한다면
무엇이라고 말할 것인가

나는 여자이고
한국에 태어났으며
몇 살이다라고 할 것인가
과연 그것만이 양경숙이란
이름을 가진 나인가?
국가도 부모도 선택한 적 없이
여기 살고 있는 나

그럼 생각과 감정이
일어나는 것도 나인데
끝없이 길 아닌 길을 찾아가는
고단한 나를 어떻게

정의할 것인가

진정 나를 찾아가는 길은
나 아닌 것들을 하나씩
내려놓는 것에서 출발하면
마지막 나라는 자아를
분명 만날 것이다

"나는 누구인가"라는
명제 앞에 나는 누구다 라고
한마디로 정의하진 못하지만
진실로 사랑하고
그 사랑과 함께
꽃이 피고 지는 것처럼
그렇게 노을처럼 지고 싶은
소망이 있는 한 여인임은 분명하다
이왕이면 바다 같은 사랑을 향해
내가 찾아가는 길이였으면 좋겠다
나에게 사랑은
처음부터 마지막까지이다

사족:
좀 살만하니 창밖의 풍경이 보입니다
커피도 생각납니다
그리고
그대가 보고 싶습니다
두보와 이백과 취하고 싶은
뼈아픈 고독이 유장하게 흐릅니다
뜨거운 불면을 지나
아
그대를 사랑합니다

빈 들녘에 참수당한 볏짚처럼

풀푸레나무도 푸른 시절 지나
발가벗겨진 나목으로 서있는
모습이 나랑 닮아서 애잔하다

첫 눈을 봤다
수술실 들어가기 전
첫눈이 오면 축구선수로 퇴직하고
찻집을 하며 손수 내려준
차를 마시자고 한 약속이 떠올라
실없는 웃음이 나왔다

간수치가 높아 수술도 보류한다더니
당일날 연락받고
긴 터널을 지나 새 빛을 봤다
통증은 큰 파도처럼 밀려오고
열에 시달리고 어지러워 힘들고
이제는 심장이 너무 빨리 뛰고 있단다

폐도 쪼그라들었다 펴기엔
내 노력이 필요하다니
삭은 육신은 참수당한 볏짚처럼
온기가 없다

입원실의 풍경이 그러하듯
모두 절박하다
어느 젊은 아들이 내뿜는 절규는
어머니의 숨을 잡지 못했고
한 병실에 있는 환자는
걷기를 포기하고 침대에서
대소변을 보니 여기가 바로 아비규환이다

그럼에도 난 봄을 기다린다
풀푸레나무에 새순을 달고
빈 들녘이 초록으로 변하고
산에는 진달래도 피어
시객들과 화전놀이 초대해
시를 논하고 시낭송을 하며
춘향가를 듣고 춤을 춰야지
아니 꼭 듣고 싶은 노래도 있어
기타 반주로 불러주는 오라비의

"상아의 노래" 다
아니 한 곡 더 청해야지
최백호의 "그쟈"도
오라비 된 탓에 거절은 못할 거야

하나의 계절이 또 갔다

비 오는 소리가 좋아서
창문을 열고 듣는다거나
차 속에 앉아 빗소리를 듣는다

무언지 모를 차오름이
목구멍을 꽉 채운다
이럴 땐 잠시 나를 내버려 두는
시간이 필요함을 안다
내 안의 어지로운 열기를 식혀야 하므로

내 생애 따뜻했던 순간들과
함께했던 사람들
그들에게 미안하다는 생각이 든다
나에게도 길들여지지 않는 상처였다
상처받은 이를 껴안기엔
나는 너무 작았다
지금도 작은 나를 넘어서기엔

아직도 너무 작고 보잘것없다

비 오는 소리가 좋아
대화가 없어도 충분히 좋다
한 잔의 따뜻한 차
그것이면 족하다
박제된 감정을 살리기 위해
시집을 끌어안는다
이 계절을 보내며
미워한 사람이 없어 다행이었다고
사랑하진 못했음을 애써 위안하며
식은 찻잔을 들고
흔들리며 내리는 빗방울도 혼자란 걸 알았다

골목어귀에 들어서면

양철문 밖으로 새어 나오는
그 집만의 향기가 있다
해걸음한 시간은
무언지 모를 쓸쓸함으로
고독하게 만들기 일쑤였고
낡은 골목을 찾아가면
지금도 손을 흔드는 작은 아이가 있다

이제는 여름에 대해 말할 수 있다
먹구름 가득한 하늘을 본다
길섶에 핀 달맞이꽃
개망초까지 달려와 안기는
몽환적인 동네에서
썩은 사과의 한쪽을 도려내고
먹었던 것처럼
나를 도려내고 남은 나로
살아가는 오늘을 본다

그래, 더 망가져도 좋다
온전하지 못해 상품의 가치는 없지만
그래서 버리지 못하는
나를 잔인하도록 사랑하기로 했다
아직은 슬픔도 셀 수 있으므로

맹물 마시듯 의미 없는 날

봄날의 꽃잎처럼
너무 가벼워서 서러웠다

바깥세상은 날씨가 따뜻할수록
더 시끄럽다
내 기억의 외피 위에도
봄꽃이 하얗게 덮여
향기에 취해 헐거워진 생각 사이로
바람처럼 아픔도 지나갔으면 좋겠다

오후부터 금식이라고
동그라미 친 간호원의 종이는
내일이면 지나간 기억으로
저물 테지만
달력에 붉게 표시해 둔 날짜 위에
성급하고 우울한 내 눈을 잡고
선물이었다고 웃으면 좋겠다는

바람까지 얹어
수면 위. 장 내시경은 끝날 테지

봄날
바람이 났으면 좋겠다는 희망은
끝내 마침표를 찾지 못하고
어디쯤에 밑줄을 그어야 할까
길거리 아가씨들의 옷은
점점 가벼워지는데

공평하게 받은 하루

밤이 지나면
반드시 새벽은 왔고
움직이지 않으면
아무것도 되는 게 없습니다

내 의지와 상관없이
운명은 소용돌이쳤지만
내 의지대로
곧은 하루하루를 쌓아갑니다

슬픔에 오래 머물러 있지 말고
체념하거나 포기하지 말고
세상은 살 만한 세상입니다
열정을 가지면
우주의 법칙은 자석 같아서
무엇이든 원하는 게 달라붙게 되어 있습니다

가는 길이 정녕 욕심 없는 길이라면
행함이 부끄럽지 않은 길이라면
반드시 이루어진다고 믿습니다

또 다른 도약을 하고
그 도전에 가슴이 뿌듯해집니다

내일은
걱정하지도 의미도
크게 두지 않습니다

오늘
오늘 만나는 모든 분과
시간을 행복하게 머물고 싶습니다
오늘 최선으로 섬기고 추억을
저축합니다

오늘 열심히 살아낸 님들
그 이유 하나로 박수를 보냅니다
장하십니다

남겨질 기억

암울했던 시월 마지막 날
당신을 처음 만났지
이 날을 기억한다는 건
쓴약 같은 고통인지도 몰라

너는 나를
나는 너를
첫 시작부터 우린 음역이 달랐어
긴 시간 동안 화음을 맞추는데 노력했지만
서로 다름만 인정할 뿐이었어

난 너에게
넌 나에게
어떤 의미로 남아
결 고은 노래를 할 수 있을까
이별은 도둑처럼 찾아드는데

어쩌면 당신도 먼 훗날
가을이 익어가는 자작나무 숲에서
누군가에게 아주 먼 옛날이야기처럼
그런 사람이 있었노라 말할지도 몰라
나에게 들려주는 지나간 노래처럼

힘들었어도 삶은 행복한 선물

오월은 가만히 있어도
그냥 이쁘기만 합니다

어느 집 담장 위에 붉게 핀 장미
산에서 한들거리는 하얀 아카시아
척박한 화분 속에서도 밀어 올린 라일락
들판에 흩뿌려진 야리야리한 양귀비
가로수로 하얗게 핀 이팝나무
푸르고 하얀 구름으로 더 빛나는 하늘
걸을 때마다 가벼운 옷은
팔랑거릴 때마다 댓잎소리가 나는 여인들
겨울을 벗고 물을 담고 있는 들판
이 아름다운 것들을 보는 벅참이
자갈길 삶의 귀퉁이를 돌며
휘몰아 닥친 버거움을 뛰어넘는
행복입니다

가질 수는 없지만
볼 수는 있다는
오직 그 하나로 감사합니다
물질은 가난해서 미안하지만
그로 인해 나를 정확히 알게 되고
수긍과 인정을 통해
사랑으로 함께할 수 있어
행복합니다

돌아보니
하루도 힘들지 않은
날은 없었지만
아
그럼에도
삶은 행복한 선물입니다

생각하면 늘 그리운 그곳

그곳을 생각하면 지금도 눈물이 난다
어릴 적 개구쟁이들과
산과 들판을 헤매든 그곳
부지깽이로 글과 그림을 그렸든 그곳
서럽고 아플수록
가슴 밑바닥이 더 뜨겁게 차오르는 그곳

살며시 다가가 벼 잎에 붙은 두 마리
메뚜기를 확 낚아챌 때의 기분이란
묘한 카타르시스가 있었다
개선장군처럼 몇 줄 들고뛰어 오면
엄마는 날개 없어진 메뚜기
찬이 되어 밥상에 올렸다
먹어본 사람은 안다
얼마나 고소했는지

국수를 즐겨먹든 시절

긴 도마에 홍두깨로 꿍덕 쓱싹 밀어
가지런하게 썰고 꽁지는 꼭 남겨
부지깽이로 아궁이 활활 탄 솔잎에
뒤적이며 구워 가슴 부풀어 오른 걸
내 작은 손에 쥐어준 엄마
고소하고 달달해
늘 기다리는 시간이 되곤 했다
어쩌면 엄마의 사랑을 기다린지도 모르겠다

콩가루 뒤집어쓰고 큰 가마솥에
애호박이랑 여린 열무 등이 들어간
색 고운 국수 한 그릇
양념장 한 수저 올리면 더 없는 꿀맛인
지금도 찾아다니는 고향의 맛이다

넓은 마당 평상에
어머니 다리를 베개 삼아 누워
하늘을 보면
북두칠성과 샛별은 유난히 빛나고
가끔 떨어지는 유성에 후다닥
소원을 빌기도 했다
부채로 부쳐주는 바람 속에

엄마의 향기가 묻어와
세상 가장 편한 자세로
눈은 감기곤 했는데
어찌 지금은 그 잠을 잘 수 없을까?

마른 쑥 모기불에서
연기가 뭉글뭉글 피어나면
그 매캐한 모기들의 다비식 냄새가
회향하고 싶은 고향의 향기가 되었다
소는 파리와 모기를 쫓느라 고개를
흔들 때마다 워낭소리가 들리고
개 한 마리가 짖으면
온 동네 개가 합창을 하고
질세라 개구리도 떼창을 했다
그때 그 엄마보다 더 늙어버린 지금
아직도 더듬어 그 곳을 간다
냄새와 소리가 멈추지 않는
깨어나면 잊을 수 없는
신기루 같은 시절로

봄마중

장난꾸러기 아이처럼
치마를 들추는 높새바람과
아쳴란도를 연주하는
손끝에 심장은 매달리어
당신을 기다리겠어요

오매불망 사모했든 그리움도
탈색되어 버린 언덕 위로
초록옷을 입고 당신은 오시겠지요

산천은 노을보다 더 붉게 타고
지평선 너머 파아란 물결 위로
아지랑이 유혹하면
내 마음도 기꺼이 방목하겠습니다

삽질

마음 물길에 삽질해 보지만
이내 아무것도 잡힌 게 없는
빈 마음이다

그 남자는 아프기는 할까
아니 아파 본 적은 있을까
괜찮아 나는 괜찮다고 말하는
그 남자의 일상이 파리하게 다가온다

늘 괜찮다고 우겨대며
살아온 내 모습이 서러워
주방 한쪽 귀퉁이 기대어
쓴 소주를 안주도 없이 홀짝거렸던 적이 있었다
아마도 그 남자도 그럴지 모르겠다

청빈한 밥상을 앞에 놓고 목이 멨다
가을이 오면 미친 여자가 되었는데

이제 봄이 와도 미쳐 되니
아마도 제 정신없이 살아가는
진짜 미친 여자가 되었나보다

오늘을 삽질하고
그리움을 삽질하고
만남을 위해 삽질해야 할 텐데
푸석거리는 몸뚱아린
봄이 다 가도록 물이 오르지 않는다

안부

햇빛이 입술을 건드리면
화사한 잇몸 사이로
하얀 팝콘이 터지곤 하는
풍경 속으로 걸어 들어가면
노란 유채꽃과 하얀 벚꽃이 피고
붉은 진달래가 웃고 있습니다
누군가에게 환한 미소 한번 주어본 적 있는지
나에게 묻고 싶어지는 시간입니다

이제야
두꺼운 외투 하나를 벗깁니다
그리고 걸어갑니다
그대가 숨 쉬고 있는 동네 어귀에
안부를 묻는 손편지 한 장 붙이고
바람 부는 언덕에 올라
진달래처럼 붉게 활짝 웃어 봅니다

모두 안녕하시죠

의문

얼마를 사랑해야
둘이 함께 죽을 수 있을까
나는 이 대목에서
늘 막힙니다
얼마나 복을 짓고 살아야
죽음마저 함께하는
사랑을 할까요

마음은
머물지 못하는 구름 같아서
바람을 만나면 흩어지니
움직이는 것들을
잘 움켜쥐고 살아가는
사람을 보면 경외심마저 듭니다

그래서
사랑은 수 없는 사람들의
끝없는 연가가 되나 봅니다

글은 나의 길이다

문학소녀 시절을 지나
까마득히 잊고 온 세월

무엇이 그리 바빴을까
나를 돌아볼 시간이 되었을 때부터
내 손에 돈이 생기면
서점을 가는 것이 기쁨이었다
가난한 주머니를 털어 가는 건
발길을 붙잡는 꽃집이었다

꽃집을 했어도
행복하게 했을 것 같다
아
올해는 꽃꽂이에 도전해 봐야지
나는 가끔 도둑질을 한다
길섶에 핀 꽃이라든가
울타리 너머 꽃가지를 슬쩍

훔쳐 오는 버릇이 있다
아직도 이 도둑질은 멈추지 못하니

책을 펼치면 묵향이 쓰러지게 만든다
우울해도 책방으로
외로워도 책방으로
그렇게 시작된 끄적임이
시가 되고
노래가 되고
홀로도 종일 잘 노는 친구가 되고
내가 걸어가는 길이 되었다

시다운 시 하나 쓰고 죽는 게
간절하고 애틋한 소망이지만
또 어떠리
한 줄 남기지 못하고 가더라도
내가 좋아하고
내가 기뻐하고
내가 사랑했으면 됐지

밤을 잊은 그대에게

밤을 잊은 그대에게_1

어떻게 지냈나요 오늘은
암으로 생이 임박한 사람의 소원이
한 달만 더 살 수 있으면 이었습니다
시간 소중한 줄 모르고
살고 있는 건 아닌지
돌아 보는 시간이었습니다

노력하며 방황할 것인지
머물며 안주할 것인지
앞으로 나가지 않으면
뒤로 물러설 뿐
누구나 하루하루 나아가며
좀 더 나은 삶을 만들고자
노력하겠죠

가족을 생각하고
행복을 추구하고

한없는 사랑을 나누는 시간
사랑하는 일이란
한결 높고 고독한 독거입니다
인간이 인간을 사랑하는 것이란
가장 어렵고 궁극적인 일이며
최후의 시련이라고

큰 사랑과 작은 사랑으로
경계가 있을 찌라도
사랑의 본질은 온유라
모든 걸 뛰어넘는 피안처입니다

밤을 잊은 그대_2

어제와 오늘이 무엇이 다릅니까
굳이 의미를 부여하고
오늘 밤이 한 해의 마지막이라고
우긴들 상실일 뿐이겠죠

사랑 안에서 고이 쉼하는
그대 창가에 내 마음도
두고 갑니다

밤을 잊은 그대에게_3

서울 빌딩 숲속을 걸었습니다
도회지의 차가움과 살인 추위가
맞물려 냉냉한 도시의
길 잃은 사람이 되었습니다
어찌어찌 돌아오다 올려다 본
하늘엔 차오르는 달님이 인사를 합니다

이유 없이 집으로 들어가기 싫어
찻집 한 귀퉁이를 차지했습니다
따뜻한 커피 한 잔을 놓고
무심히 창밖 너머 지나가는
행인들을 봅니다
차도 적당히 식었습니다
오롯이 혼자여서 좋습니다
뒷맛이 개운한 커피를
배달합니다
잠 못 드는 그대 창가에

밤을 잊은 그대에게_4

질투는 여자의 본능이라 했나요
계절도 그 굴레를 어찌하지
못하나 봅니다
봄이 오는 게 싫은지
꽃샘 질투를 하네요
헛웃음이 나옵니다
아무리 앙탈을 부려봐야
결국 자기 자리 내 줄 것을

인생사도 그렇죠
젊은 날엔 너 죽고 나 살자 했지만
결국 내가 바뀌어야함을 안 이후엔
속 끓이는 것을 줄였지요
흑백만 가지고
내 잣대로 들이대니
평행선을 달리지요
결국 내 잣대가 아니라
그의 넉넉한 잣대로 치수를

재니까 멈추었습니다
지겨운 싸움이

살다 보니 사람과의 불화가
없을 수 없습니다
이기고 씁쓸한 다툼보다는
지고 아름다운 길을 찾습니다
때론 억울하고 분해도
시간이 흐르면 해결된다는 것도 압니다
죽은 듯이 시간을 보내고 나면
어느 사이 제 길 가고 있습니다

떠날 사람은 떠나고
남은 사람은 남고
인연 따라 흐릅니다
그런 일련의 일들이 성장통이라고 믿습니다

힘들었든 하루 가지런히 하고
고요함 데리고 잠자리 찾는
시간들 되세요
굿밤 되시길 바랍니다

밤을 잊은 그대에게_5

행복도 내가 만드는 것
불행도 내가 만드는 것
진실로 그 행복 불행
다른 사람이 만드는 것 아니네

밤을 잊은 그대여

가는 세월 멈출 수 없고
오는 백발 막을 수 없으니
그저 순종하며 사는 거죠

가는 인연 잡아보면 뭐할까요
오는 인연 거절하면 특별한 거
없잖아요
시절따라 가는 사람 곱게 보내고
오는 인연 따뜻하게 보듬고
그렇게 한 세상 사는 거죠

등 떠밀려 가는 겨울 앙탈하지만
봄은 꽃향기 여기저기 뿌립니다
이렇듯 어우렁 더우렁 살다 보면
웃을 날도 있고
잘 살았구나 하는 날도
분명 있을 겁니다

우린 모두 정해진
길을 걷고 있습니다
편안한 밤 되시길 바랍니다

수필

음악다방과 첫사랑

대구 동성로에 가면 DJ가 있는 빅토리아 음악다방이 있다. 좋아하는 노래를 신청하면 음악을 틀어주는 곳이다.

영남대학교 다니는 남학생이 옆자리에 앉아 처음 인사를 했고 노래를 신청하고 차를 마시고 멋쩍어 하며 또 만나자고 한다.

목소리가 참 좋다고 느낀 차 씨 성을 가진 섬유학과 영남대학교 3학년 군대를 다녀 온 복학생으로 자기를 소개했다.

그 시절엔 집 전화나 편지 그리고 전보가 연락을 주고받는 게 전부였던 시절이었다. 우리는 편지가 유일한 통신수단이었다. 대구에 있을 때는 집까지 데려다주고 돌아가곤 했다.

일주일에 한 번 정도 빅토리아 음악다방에서 만나 팝송도 듣고 DJ가 내준 퀴즈도 맞히고 행복한 시간을 같이하며 우린 자연스럽게 연인으로 발전했고 어느 날 데이트는 수성못에서 오리배를 탔다. 그는 열심히 페달을 굴렸고 무엇이든 처음인 나는 까르르 웃기 바빴다. 남자라고 혼자서 구르면서 힘들었을 거라곤 생각조차 못한 젊음이 꽃피는 시간이었으니, 꽃은 흐드러졌고 푸른 녹음이 천지를 덮을 즈음 앞산에 갔다가 내려오는 길에 구두 뒷굽이 부러져 얼마나 부끄럽고 창피했던지 다시는 시장 구두는 신지 않았다. 금강이나 엘칸토를 즐겨 신고부터 그리고 세월 따라 메이커는 다르지만 지금까지 뒷굽이 부러지는 일은 없었다.

한 번은 내가 먼저 도착하여 통으로 나온 성냥을 한 개씩 정자로 쌓기 시작했다 그 시절엔 다방 안에서 담배를 피워도 됐었고 재떨이와 성냥통이 탁자마다 준비되어 있었다. 높게 쌓는 쾌감도 있었지만 시간을 보내기엔 좋은 놀이었다. 학교에서 수업이 늦게 끝났는지 헐레벌떡 와선 미안하다고 연신 사과를 하던 친구 그리고 긴 글과 음악까지 첨부하여 마음 설레게 하던 사람이었다.

그는 졸업 전 취업을 했고 나는 고향으로 돌아가는

일이 생겨 음악다방은 그 뒤엔 내가 대구를 갔을 때만 간간이 가게되었고 다방을 나와서는 동성로 뒷골목에 있는 대폿집으로 옮겨 혈기 왕성한 학생들이 품어내는 열기와 객기를 나누며 노란 주전자에 나오는 막걸리를 마시고 늦은 버스를 타고 귀가하곤 했다.

알고 보니 그 친구의 어머니와 우리 엄마는 선산에서 알고 지낸 사이였고 친구 어머니가 며느리는 학교 선생을 원한다는 말을 듣고 그와 헤어지기로 했다.

나는 상주로 내려와 선생들의 월급 10배는 수입을 올릴 정도로 사업을 영위하던 사람이었으니 자존심에 스크래치가 났고 그가 상주로 찾아와도 다방에서 기다리다가 그냥 대구로 간 일이 한두 번이 아니었다. 집으로 찾아와도 매정하게 돌려보냈지만 매일 편지가 왔다.

가끔 마음이 약해지기도 했고 불현듯 보고도 싶어 그와 갔던 홀로 다방에서 차만 마시고 오기도 했다. 아프고 슬펐으며 현실이 안갯속 같은 시절이었다 그럼에도 반대하고 환영 받지 못하는 곳으로 시집가기는 싫었다. 어쩌면 상처받기 싫은 딱 그만큼의 사랑이었는지도 모른다.

계절이 두 계절쯤 지났을 때 편지 속에 둘이 나누어 끼었든 금반지가 동봉되어 왔다. 대구에서 맞추었던 반지었다. 반지를 본 순간 쓸쓸하고 마음의 문 빗장이 잠기는 아픈 통증이 명치끝을 파고 들었다.

음악다방과 첫사랑은 다시는 볼 수 없이 이렇게 끝났다.

지금도 연속극에서 성냥개비 쌓는 걸 보면 철없이 아름다웠든 시절이 생각나고 그 학생이 생각이 난다. 어디서 잘 살고 있으리라 믿고 그의 어머니 말대로 학교 선생을 만나 결혼했는지 궁금하기도 하다.

이젠 스쳐 지나가도 몰라볼 희미한 그림자만 남아 있는 나의 첫사랑과 따뜻한 커피 그리고 세월 따라 사라진 음악다방이다.

세상에 둘도 없는 남동생

6살 어린 계집아이가 나무하러 간 엄마가 없는 동안 2살짜리 우는 동생을 달래는 방법으로 촛불에 흔들리는 벽에 손가락으로 기린도 만들고 나비 그림자도 만들었다. 그러면 울음을 뚝 그치고 놀이를 하는 동안 성격이 온순해서 울지 않고 잘 놀았다.

어둑한 집에 엄마는 나뭇짐을 벗어 놓고 부랴부랴 차려낸 둥근 밥상 위로 잠깐 빈 엄마의 부재가 채워졌고 우리들 숟가락 위 올려진 찬들로 따뜻한 부자가 됐다.

그 아이가 네발자전거를 탈 때는 뒤를 밀어주며 마당에 세워진 볏짚단 사이로 등을 밀면 동생은 페달을 열심히 굴리는 추수를 끝낸 가을 기억이 어제처럼 곱다. 여기까지가 동생과 나눈 선산에서의 기억이다.

내가 초등학교 2학년 때 상주로 이사를 왔다. 동생이 국민학교 1학년 다닐 때 기억이다. 7살에 학교를 갔으니 그 시절로선 일찍 입학을 한 것이다.

국민학교를 오고 가는 길에 성당이 있고 개천이 있고 큰 길을 따라 걷다 보면 상영 국민학교가 나온다. 학교에서 집에 오기 전 작은 개천이 있는데 여름엔 동네 아낙들이 낮에는 빨래를 하고 밤이면 목욕을 하는 곳이다. 아무것도 가려 줄 곳 없는 곳인데도 집집마다 아이들을 데리고 그 개울물 따라 사람들로 밤이면 야화가 피었다.

겨울이면 개울물이 꽁꽁 얼었는데 동생은 개울물이 두껍게 얼어붙은 얼음장에 구멍을 크게 내놓곤 왔다고 손이 빨게 진 이유를 엄마가 급히 치마로 두 손을 감싸며 물어보면 빨래하는 사람들 위해서 했다고 1학년짜리가 기특한 행동을 했다고 엄마는 학교 끝나고 온 나에게 자랑스럽게 말하곤 했다.

동네 아이들이 동생하고 싸우기라도 하면 나는 죽일 듯이 그들과 싸웠다. 어린 마음에 동생을 지키기 위해서 이때부터 투계의 기질이 생기기 시작했고 책을 읽기 시작했으며 동네에선 무서운 누나가 되었다.

우리 뒷집은 철공소를 하는데 형제가 일곱이나 되었다 동생과 같은 또래 남자아이는 기질도 세고 다부진 아이였는데 동생과 싸우는 걸 보고 아주 끝까지 싸워서 죽통을 만들어 버렸다. 그의 누나는 감히 나한테 대들지 못했다. 나보다 한 학년 낮았다.

아버지는 선산에 사셨고 내가 5섯살 때 이복 언니는 시집을 갔고. 나보다 12살 많은 이복 오빠는 서울로 간 상태라 엄마와 나 그리고 동생만 사는 잠시 평화로운 시간이었다. 어린 마음에도 내가 지켜야하는 엄마와 동생이었다.

장가까지 가서 가족을 이룬 이복 오빠가 대구에서 양화점을 했는데 다 말아 먹고 집으로 밀고 들어 왔고 이때부터 우리 집은 다시 전쟁터가 되었다.

동생이 중·고등학교 다닐 때 친구들을 몇 명씩 수시로 몰고 와 라면꽤나 끓이게 했는데 단 한 번도 귀찮다고 생각한 적이 없으니 동생 사랑이 남달랐다는 걸 알 수 있다.

남존여비 사상이 강했고 동생은 남자라 학교를 보내야 한다고 공부는 그만하라고 했다.

우리 집은 큰 제사공장 앞 구멍가게를 하고 있었고 엄마는 계주도 하고 있어 악착같은 분이어서 나에게 돈 심부름 시키는 일도 곧잘 있었다. 그런 엄마의 억척으로 인해 읍내에서 살고픈 마음에 땅도 팔고, 집도 팔아서 상주 풍물시장 안에 기꺼이 집도 사게 되었다.

동생이 중·고등학교 다닐 때 이복 형한테 불만이 많았지만 싸우지 않으려면 시키는 대로 학교 가기 전 닭 수십 마리를 잡아 놓고 학교에 갔으니 공부하는 시간도 짧았고 지각할까 봐 설움과 한이 많을 것이지만 크게 부딪히는 일 없이 수능을 맞게 되었다.

그때쯤 나는 옷 가게를 몇 개씩 하는 생기발랄한 반짝반짝 빛나는 아가씨였다.

동생은 수능을 보고 본 고사를 봤는데 성적이 별로라고 대학도 가지 말고 운전이나 배워 의붓형이나 도와 달라는 말에 그 구렁텅이에 동생을 죽기보다 보내기 싫었다.

내가 너 재수하면 뒷바라지할 테니 서울로 가서 공부나 열심히 하라고 서울 외대 앞 혼자 쓰는 하숙집을 정해주고 학원비랑 책값, 그 외 용돈까지 1년을 뒷

바라지했다. 내 나이 겨우 22살 때니 지금 생각해도
당찬 누나였다.

그러나 동생은 공부한 보람 없이 원하는 대학은 못
갔고 난 실망을 아주 많이 했다. 보란 듯이 좋은 대학
에 가서 성공한 동생을 만들어 의붓오빠에게 자랑스럽
게 잘 살고 싶었는데 그때 내 상실감은 아주 컸었다.

그런 동생도 결혼을 하고 가정을 이루면서 크고 작
은 일들도 있었지만 지금은 사업을 하면서 고향을 지
키면서 성공한 사장이 되었다.

엄마 상을 당했을 때 동생 친구들이 3일 내내 낮밤
을 같이 있어 줘 우정과 의리가 얼마나 돈독한지 보
여줘 감동했다.

고등학교 내내 우리 집에 와 밥과 라면 꽤나 끓여
준 동생들이다. 사내애들이 한창 클 때이니 한 사람당
라면 몇 개씩 먹는 시절이었는데 내 기억엔 단 한 번
도 투덜거리지 않고 해주었다.

당시 나는 능히 감당할 정도로 돈을 벌고 있었고,
집이 있었기에 누구 눈치 보지 않고 사랑을 나누어준
시절이다.

남동생은 이제 아버지의 모습이 보이는 육십 대 후
반이다. 몸이 약했는데 이제는 풍채도 있고 성실하고
열심히 일한 덕분에 상주에선 누구에게도 뒤지지 않
을 정도로 탄탄하게 자리 잡고 살고 있다.

일 년 동안 안부 전화가 없어도 수 년을 오고 가지
않아도 그곳에 가면 산이 있듯이 변함없이 있어 든든
하다.

내 유일한 핏줄 자랑스러운 남동생이다. 부디 건강
하게 오래 보고 살았으면 좋겠다는 바램뿐이다

1955, 길 위에 나를 세우다

초판 발행 2025년 10월 30일
지은이 양경숙
펴낸이 김복환
펴낸곳 도서출판 지식나무
등록번호 제301-2014-078호
주소 서울시 중구 수표로12길 24
전화 02-2264-2305(010-6732-6006)
팩스 02-2267-2833
이메일 booksesang@hanmail.net

ISBN 979-11-993878-8-1
값 12,000원